VENTE LE VENDREDI 10 MAI 1867

TABLEAUX
ANCIENS

DONT

UNE ŒUVRE CAPITALE DE F. BOUCHER

L'ENLÈVEMENT D'EUROPE.

Me ESCRIBE
COMMISSre-PRISEUR
rue Saint-Honoré, 217.

M. ÉMILE BARRE
EXPERT
rue de la Chaussée-d'Antin, 20.

RI...OU & MAULDE

IMPRIMEURS DE ...MPAGNIE DES COMMISSAIRES-PRISEURS

de Rivoli, 144.

NOTICE

DE

3 TABLEAUX

ANCIENS

DONT

UNE ŒUVRE CAPITALE DE FRANÇOIS BOUCHER

L'ENLÈVEMENT D'EUROPE

DONT LA VENTE AUX ENCHÈRES PUBLIQUES AURA LIEU

HOTEL DROUOT, SALLE N° 9

AU PREMIER ÉTAGE

Le Vendredi 10 Mai 1867

A QUATRE HEURES PRÉCISES

Par le ministère de Mᵉ **ESCRIBE,** Commissaire-Priseur,
rue Saint-Honoré, 217,
Assisté de M. **ÉMILE BARRE,** Expert, rue de la Chaussée-d'Antin, 20,
Chez lesquels se distribue la présente Notice.

EXPOSITIONS PUBLIQUES

Le JEUDI 9 Mai 1867, de une heure à cinq heures, et le Jour de la Vente,
de deux heures à quatre heures.

PARIS
RENOU & MAULDE
IMPRIMEURS DE LA COMPAGNIE DES COMMISSAIRES-PRISEURS
Rue de Rivoli, 144.

1867

CONDITIONS DE LA VENTE

Elle sera faite au comptant.

Les Acquéreurs paieront CINQ POUR CENT en sus du prix d'adjudication.

AVANT-PROPOS

Cette Vente ne comprend que trois Tableaux,
dont une œuvre des plus capitales de FRANÇOIS
BOUCHER.

Cette Toile, que sa parfaite conservation, l'impor-
tance et l'agrément de sa composition, et son admi-
rable coloris recommandent d'une façon toute parti-
culière à l'attention de nos Amateurs, est digne de
figurer dans une galerie princière, comme spécimen
hors ligne du maître le plus gracieux de l'École
française. Ce Tableau remarquable, qui a figuré dans
la Collection du marquis de BONNAC, et a été gravé
par CLAUDE DUFLOS, est livré aux enchères par
M. WARNECK qui, jusqu'à présent, n'avait pu se
décider à s'en dessaisir, malgré les offres importantes
qui lui avaient été faites.

E. B.

DÉSIGNATION

F. BOUCHER

L'Enlèvement d'Europe.

Toile. — H. 1^m,50. L. 1^m,90.

La composition est très-simplement comprise et des
plus gracieuses : Europe assise sur le taureau accroupi ;
à sa droite, ses compagnes ; à sa gauche, des Tritons et
une Néréide. Des Amours folâtrant avec un léger voile
couronnent la scène.

Boucher a mis en jeu, pour développer ce thème, ses
facultés natives de grâce de dessin, de fraîcheur de
coloris et d'agencement pittoresque.

L'action se passe aux pieds d'arbres touffus, sur un
rivage que vient battre la mer. La jeune Europe, quelques
fleurs dans les cheveux, se distingue de ses compagnes
par un air de noblesse bienveillante et une beauté plus
accomplie. Une étoffe de soie blanche, ramenée au-dessus
des genoux, permet d'admirer sa poitrine aux carnations
nacrées et ses jambes d'un galbe charmant. Elle tient
mollement en laisse le divin taureau. Celui-ci, le corps
allongé sur le sable, tourne vers elle des yeux lan-
goureux.

Un Amour aux ailes bleues folâtre près du Dieu méta-
morphosé et de sa belle. A droite, un Triton, aux formes
musculeuses, à demi émergé de l'onde, s'appuie sur le
rivage d'un bras qui tient sa conque prête à sonner
victoire. Deux autres courtisans de Neptune regardent
attentivement cette scène ; au premier plan, une Néréide

au visage frais et charmant ; puis un autre Triton qui met l'index sur sa bouche en signe de silence.

De l'autre côté d'Europe, une jeune fille, qui n'est séparée d'elle que par une piquante figure d'espiègle, s'avance, apportant dans sa robe de soie jaune changeante, des fleurs pour couronner le taureau, objets de leurs jeux. Trois suivantes de la princesse terminent la gauche du tableau, accroupies sur le sable et tenant des fleurs, dont elles ont fait ample cueillette.

L'aigle gardien de la foudre assiste, du haut des airs, à ce spectacle, pendant que des Amours se jouent à ses côtés dans des mouvements remplis de grâce et que d'autres essaient, au moyen d'un voile, de cacher aux yeux des mortels les amours mystérieuses de Jupiter.

Toute cette disposition est d'un goût et d'un ton exquis.

La description serait close, s'il ne fallait mentionner encore un point d'un rose charmant qui se détache sur le bleu tendre du ciel, c'est à dire trois frais amours dans des poses de naïf abandon, mollement supportés par un nuage complice des infidélités du roi des Dieux.

La vue de ce tableau suffit pleinement à donner raison au mot de l'illustre David : « *N'est pas Boucher qui veut.* »

F. LIBERTI

Portrait de Philippe V d'Espagne. duc d'Anjou.

C'est le même personnage que Rigaud a représenté en pied au Louvre. Ici, vue à mi-corps dans un médaillon, la figure est supportée par un piédestal sculpté enguirlandé de fleurs, que soutiennent deux génies. Un Amour qui retient le médaillon par le haut désigne du doigt le monarque. La campagne qui forme le fond du tableau est à demi cachée par une riche draperie rouge.

Toile.　H. 58 c. L. 49 c.

7

Portrait du maréchal de Berwick.

L'artiste a peint, comme pendant au petit-fils de Louis XIV, le maréchal qui aida le jeune prince à recouvrer le royaume de Valence. La composition est presque symétrique de la précédente.

Nous appelons l'attention sur ces deux tableaux, dont toutes les parties, le portrait de Philippe V entre autres, et les fleurs sont rendues de la façon la plus piquante et la plus finie. Il serait difficile de traiter avec une couleur et une disposition plus agréables deux portraits historiques.

Chaque Toile est signée F. LIBERTI.

(Ancienne Collection du comte de Robiano.)

Toile. — H. 58 c. L. 49 c.

RENOU et MAULDE, imprimeurs de la Compagnie des Commissaires-Priseurs, rue de Rivoli, 144. 3421